CYRVS TRIOMPHANT,

OV LA FVREVR

D'ASTIAGES ROY de Mede,

TRAGEDIE.

2.

A ROVEN.

DE L'IMPRIMERIE
De Dauid du Petit Val, Imprimeur &
Libraire, ordinaire du Roy.

1618.

ARGVMENT.

A STIAGES Roy de Mede apres auoir fait explicquer ſon ſonge par les Mages du pays : ſcachant que ſa fille Mandane enfanteroit vn fils qui le desheritteroit, la marie à vn Perſan ignoble, & accouchée du petit Cyrus luy fit ſouſtraire & le donna à Harpagus ſon Lieutenant, pour l'égorger, ou le donner aux beſtes, mais la renommée de cet enfant miraculeuſement ſauué & nourry par le Paſteur Royal d'Aſtiages, venuë és oreilles du Roy, il fut tellement indigné contre Harpagus, qu'il luy fiſt manger vn de ſes enfans. Harpagus pour ce vanger de cet affront, enuoye en Perſe des lettres a Cyrus, cachees dans le ventre d'vn Leuraut l'incitant a la conqueſte de Mede pour à laquelle paruenir, luy met és mains l'armée, qu'Aſtiages ne ſe deffiant de luy, luy auoit baillée,

qui fut occaſion que Cyrus empor-
tant la victoire , deſpoüilla ſon grand
Pere Aſtiages du Royaume , & le fiſt
Preuoſt, ou Prince des Hircanes comme on peut voir , dans Iuſtin Hiſto-
riographe, dont ce ſuiet eſt pris.

A P. Mainfray sur sa Tragedie
de Cyrus Triomphant.

LE temps renuerse Chasteaux,
N'empeschera de sa faux,
Dont il despouille Cybelle,
Que ton Cyrus triomphant,
N'aille ton chef couronnant
Des Rameaux du Dieu de Dele.

Les plus illustres Esprits
Chanteront tes beaux escrits
Plains de gloire & de louange
Encores que ton renom
Tes Vers, ta Muse, & ton Nom
Volent depuis Thulle au Gange.

Ta Seine auec ses Tritons
Montez sur le dos des Tons.
Bruiront mesmement ta gloire.
Puisse tu donc en honneur
Egaller ce grand sonneur
De la riuiere de Loire.

H. D. S.

L'Autheur à la ville de Roüen.

O Vurage de Magus honneur de Normandie
Ou iadis residoient nos braues Ducs Normand
Dont le nom effrayoit le cœur des Ottomans
Reçoy de ton (Mainfray) Cyrus qu'il te dedie.
Sy de toy i'ay mon estre & pour toy ie veux viure,
Ie ne doy seullement te consacrer mes vers,
Mais chanter ton renom par tout cet vniuers
Afin de viure en toy & te faire en moy viure.

A iij

NOMS DES ACTEVRS.

Aſtiages Roy de Mede,
Mantheon Mage ou Deuin,
Areolle Mage ou Deuin,
Mandane fille du Roy Aſtiages,
Arnobe fille de châbre de Mandane,
Harpagus Lieutenant d'Aſtiages,
Tyburin feruiteur d'Harpagus.
Paſteur Royal d'Aſtiages,
Euander Meſſager,
Cyrus fils de Mandane,
Sybaris aſſocié de Cyrus,
Chœur des Vierges de Mede.

CYRVS
TRIOMPHANT,
OV LA FVREVR
D'ASTIAGES ROY
de Mede,

TRAGEDIE.

ACTE I.   SCENE I.

Astiages.   Mantheon.   Areolle.

Astiages.

OIT que le clair Phœbus à la per-
ruque blonde
Sorte des moittes flots pour esclai-
rer le monde,
Ou que vers le Vesper, dans les The-
tides eaux,
Acheuant sa carriere, il baigne ses Cheuaux:
(Son bel œil tout voyant) qui n'a point de semblable,
Ne voit sur le plancher de la terre habitable
Monarque, Potentat, Prince, Empereur ne Roy,
(En vaillance & bon-heur) qui soit esgal à moy:

A iiij

Ie commande au destin, ie force la victoire
Qui burine mon nom au Temple de memoire,
Nom qui fait que les Rois redoutant mon desdain
Vont receuant le sceptre & la loy de ma main:
Le ciel cede à mes vœux, le preux Mede m'adore,
Les Dieux veillent pour moy, le grand Mauors m'ho-
               nore,
Et Choaspe qui va arrousant mes citez,
Resonne ma louange en ses flots argentez,
Louange qui acquise auecques mon espée,
Tient desia la plus part de la terre occupée,
Arrachant les lauriers à tant de puissans Rois,
Qui vaincus à mes pieds ont accepté mes loix.
Aussi Ecbatanis ville illustre & Royalle
Semble de l'vniuers estre la Capitalle
Ou maints riches Pallais poussent ambitieux
La pointe de leur chef dedans l'azur des Cieux:
Mais heureux de là sorte entre tant d'allegresse
Vn malheur soupçonné derobe ma liesse,
Vn songe deceptif comme vn cruel Tiran
Depuis deux ou trois iours va mon cœur martyrant,
Gesne ma conscience, & chagrignant ma vie
De mourir à tous coups me fait naistre l'enuie
Craignant sur mes vieils iours quelque fascheux esmoy.

Mantheon.

Sire, il ne vous faut pas adiouster tant de foy
Aux songes incertains, redoutant quelque encombre,
Le songe n'est rien plus qu'vne fumée, vne ombre,
Vne feinte, vn chimere, vne idée, & vn vent
Qui nos esprits lassez la nuict va deceuant:
Ou le resouuenir d'vne chose passée,
Qui s'offre espouuentable à nostre ame oppressée.

Aſtiages.

Les ſonges neantmoins d'vn prophetique eſprit
Prediſent aux mortels le malheur qui les ſuit
Afin de le preuoir: regardez Calphurnie,
Alors qu'elle ſongea que l'on oſtoit la vie
A Ceſar ſon eſpoux, ſon ſonge fut-il vain
Nenny, car Brute occit ce grand Prince Romain.
Lors que la Royne Hecube accouchant dedans Troye
Songea qu'elle ſeroit des preux Gregeois la proye
(Eſtoit-ce vanité) non non car ſon flambeau,
Fit ſeruir Troye aux ſiens de funeſte tombeau.
D'ailleurs lors qu'Amilcar aſſiegeant Sarragoſſe
Ville aſſiſe en Eſpaigne, auec toute ſa force,
Songea qu'il y ſouppoit il y ſouppa auſſi.
Mais ce Carthaginois ne l'entendoit ainſi.
Qui ne ſçait meſmement, par vn decret celeſte
Que Polycratte fut de ſa mort l'interprette:
Et qu'Alexandre encor grand Roy de Macedon
Songea cil qui deuoit luy donner le poiſon.

Arcolle.

En ces ſonges, de vray, Sire, il n'eſt pas poſſible
Qu'il n'y en ait quelqu'vn en ſubſtance credible:
Les bons Dieux quelquesfois pour noſtre mal preuoir
Nous les font ſommeillans, debonnaires ſçauoir.
Recittez donc le voſtre & nous vous dirons, Sire,
S'il eſt pour le profit de voſtre illuſtre Empire:
Ou s'il va prediſant quelque calamité.

Aſtiages.
Ie vous en vay tracer la meſme verité,

Hecate a triple forme, à la face argentée,
Auoit, ià cheminant, dedans son char portée,
(Fait son tour à demy) quand le Dieu de Lemnos
Distillant sur mes yeux le ius de ses pauots
Enchanta peu à peu ma mouuante paupiere
Pour me donner le somme, aux hommes ordinaire
Or sommeillant ainsi exempt de tout esmoy,
Ma fille en vn moment se represente à moy
Laquelle me sembloit vne vigne produire
Qui feconde ombrageoit de ses rameaux l'Empire
Du terroir Asien qui fleschit sous mes loix,
Dont ie suis estonné parce que plusieurs fois
Ce songe malheureux renaist en ma memoire
Et veut rauir mon sceptre en ternisant ma gloire.

Areolle.

Sire, ayant medité vostre songe à loisir
I'en porte dedans l'ame vn triste desplaisir,
Car pour interpreter sans feinte vostre songe ,
Qui sans trefue le cœur comme vn vautour vous ronge,
Le diuin Appolon m'enflammant les esprits
Me dit que vostre fille accouchera d'vn fils
Qui, valeureux guerrier, par l'effort de ses armes,
Doibt rëuerser, vainqueur, vos plus braues gendarmes,
Arracher vostre sceptre, & ordonner ses loix
(Inuincible aux combats) à plusieurs puissans Rois.

Mantheon.

Sire, ceste sentence est du ciel ordonnée
(Comme vn arrest des Dieux) voire ià burinée
Dans les liures d'airain de l'immortalité,
Doncques par sacrifice ou par subtilité

Deſtournez ce meſchef, ceſte horrible tempeſte
Qui ſemble menaſſer voſtre Royalle teſte.

Aſtiages.

Mais que pourray-ie faire en ceſte extremité
Si les Dieux ont ce fait enſemble decretté.

Areolle.

Encor que le deſtin menaſſe vne Prouince
Vne grande cité ou vn Auguſte Prince,
Si eſt-ce toutesfois qu'on rend ſon effet vain
Quand on peut ſagement preuenir ſon deſſein.

Aſtiages.

L'ayant interpretté de la meſme ſubſtance
Redoutant de mon ſort la fatalle influence
Ie n'ay voulu ma fille allier hautement:
Mais comme vous ſçauez par vn diuin hymen
Ie l'ay donnée à femme a Cambyſe de Perſe.

Mantheon.

Cet hymen ne peut pas ietter à la renuerſe
Le deſtin ennemy qui vous va menaſſant.

Aſtiages.

Si de ma fille donc quelque fils va naiſſant
Il eſt expedient de luy rauir la vie:
Pour aſſeurer mon ſceptre & ſurmonter l'enuie
De mon ſort malheureux.

Areolle.

Il en faut faire ainſi
Pour viure exempt de peur & regner ſans ſoucy.

Aſtiages.

Cet acte ſeroit plain de cruauté extreſme,
Mais puis qu'il faut ſauuer mon riche Diadéme
L'on ne peut inuenter de trop cruel tourment.

Mantheon.

Il faut faire cela ou infailliblemens
Voſtre Eſtat par ce fils ſeroit reduit en proye
(Comme fut par Paris)le royaume de Troye.

Aſtiages.

Dés que Mandane aura produit ſon nouueau fruit
Il ſera ſans reſpect deſſus le champ deſtruit:
Que chacun neantmoins ce ſecret diſſimule
Comme ſi ceſte choſe entre nous eſtoit nulle.

Areolle.

Qui le reueleroit ce cas n'iroit pas bien.

Aſtiages.

Allons tous au palais faiſant ſemblant de rien.

SCENE II.

Mandane.   Arnobe.

Mandane.

IE ne sçay quel soupçon quelle ombreuse Chimere
A maistrisé l'esprit d'Astiages mon pere,
Veu qu'il m'a malgré moy & mon affection
Donnée à vn Persan d'ignoble extraction:
Party qui nullement ne s'assorte & égalle
Auec vn reietton d'vne souche Royalle:
Deuoit-il pas plustost pesant sa qualité
Me donner pour espouse a vn Roy redouté,
A quelque Potentat ou bien à quelque Prince
Gouuernant le timon d'vne belle prouince.
Mais quoy sans me donner quelque Prince de loing
Si mon Pere de moy eust voulu prendre soing,
N'a t'il pas en sa Cour des Princes dont la race
Ne cede aux autres Rois de ceste lourde masse
Ouy certes & partant il appert clairement
Qu'il n'a pas desiré m'allier hautement
Bien qu'il ne puisse auoir ny honneur, ny louange
De m'auoir mariée à ce Persan estrange
A ce pauure Cambyse à qui l'heur à voulu
De l'auoir n'y songeant pour mon espoux esleu.

Arnobe.

Peut estre que le Ciel dez que vous fustes née
Vous auoit pour Cambyse esleuë & destinée,
Les Mariages sont d'vn Saint nœud Gordien
Arrestez dans le Ciel (soit en mal ou en bien)

Il n'en faut point blaſmer l'aſtre ny l'influence
Dont l'aſpect admira voſtre auguſte naiſſance.

Mandane.

Ie n'en accuſe auſſi les Aſtres , ny les Cieux,
Mais le Roy qui de moy peu ou point ſoucieux
Pour me rendre a iamais au monde auctoriſée
Honnorée des Roys & d'vn chacun priſée
Ne m'a voulu donner quelque Prince puiſſant,
Ie vay ce neantmoins ſon deſſein connoiſſant
Et ſçay qui l'empeſcha touchant mon mariage
De me donner party d'vn illuſtre lignage.

Arnobe.

Et quoy qui l'empeſcha ie n'en ſçay encor rien.

Mandane.

Les mages de la cour n'en vont ignorant rien.
Auſſi n'oſeroient ils a aucun le predire.
Mais le ſçachant d'ailleurs ie m'en vay vous le dire.
Le Roy donc informé des Mages & Deuins.
Qui cheris d'Apollon cognoiſſent les deſtins,
Que i'aurois vn enfant dont la vaillante dextre
Rauiroit ſa Couronne & brigueroit ſon ſceptre
Pour preuenir l'effect de cet éuenement
Ma faict outre mon gré ceder a cet hymen,
Ce neantmoins les Dieux voyans ſon iniuſtice
M'ont enceinte d'vn fruict qui ia de ma matrice
Semble vouloir ſortir pour d'vn bras redouté
Faire changer ſon ſonge en pure verité.

Arnobe.

Voiez comme le Roy remply de deffiance
Cuide pour raualler l'heur de voftre puiffance
Affeurer fon eftat qui doit par fon treſpas
Tomber entre vos mains vueille ou ne vueille pas,
O vaine vanité du Royal diadefme,
Puis qu'il ne peut trouuer d'affeurance en foy mefme,
O Roy peu affeuré qui la nuiɛt & le iour
Pour deuorer fon cœur fe fait naiſtre vn vautour
Et craint de perdre a coup & la vie & le fceptre
Par l'enfant, de l'enfant que luy mefme a fait n'aiſtre.

Mandane.

Ie ne fouhaitte point fa mort ny fon malheur,
Mais fa felicité fon bien & fa grandeur,
Car de faire autrement i'aurois plus de furie
Et plus de cruauté qu'vn Tygre d'Hyrcanie.

Arnobe.

Tout vueille fucceder felon voftre defir,
Mais neantmoins cela il faut que le plaifir
Des grands Dieux immortels fans trefue s'accompliffe
Ils guerdonnent les bons, ils puniffent le vice,
Ils gouuernent les ans & les mois & les iours,
Ils guident du Soleil l'infatiguable cours,
Ils bornent l'occean a l'efchine chenuë,
Et tiennent fur Neptun Cybelle fufpenduë,
Bref ils gouuernent tout, bref ils permettent tout,
Et fans eux l'on ne peut de rien venir a bout.

Mandane.

Vous dittes verité, sans le pouuoir des Dieux
Rien ne se meut en Mer, en la Terre, & aux Cieux :
Neantmoins tout ainsi que vous estes discrette,
Ie vous pry de tenir ceste chose secrette.

Arnobe.

Ne soiez de cela d'auantage en esmoy.

Mandane.

Retournons veoir Cambyse, Arnobe suiuez moy.

ACTE II.   SCENE I.

Astiages.   Harpagus.   Arcolle.

Astiages.

Voicy le iour heureux que la trouppe diuine
Qui retient les ressorts de la ronde Machine,
M'a saisi de celuy dont le glaiue inhumain
Doit vn iour m'arracher le sceptre de la main,
Enuahir mon estat & la riche Couronne
Que le grand Iupiter a ses fauoris donne :
Qu'inuenteray ie donc afin de me vanger
De celuy qui ma faict si long temps affliger
Pertubé mon repos, martirisé ma vie
Et de pouuoir mourir cent fois auoir l'enuie,
Le feray-ie estrangler, ou bien si d'vn poignard
Ie luy transperceray le cœur de part en part

Le feray ie eſtouffer dedans quelque eau bouillante
Ou noyer dans les flots de quelque eau rauageante:
Non il ne luy faut pas vn treſpas ſi ſanglant
C'eſt le fils de ma fille , & le ſang de mon ſang,
Qu'inuenteray ie donc , car quoy qu'il en arriue
Auant que Veſper ſoit , il ne faut plus qui viue
Car ſoit par l'eau, le feu, la corde ou le couſteau,
Il faut qu'il ſoit reclus au centre d'vn tombeau,
Il le faut expoſer aux Animaux ſauuages
Il le faut tranſporter dedans quelques Boccages
Eſloignez du public ou l'on ne hante pas,
Pour auec moins d'horreur luy donner le treſpas:
Or ſus donc Harpagus ſi iamais en ta vie
Ton vouloir a eſté par quelque Simpathie
Correſpondant au mien, à mon commandement
Il faut que cet enfant tu mette au monument
Pour aſſeurer mon throne , & mon ſceptre admirable

Harpagus.

Vous me commandez là vne choſe execrable
Parquoy s'il eſt poſſible ô grand Roy triomphant
Oſtez voſtre courroux de ce royal enfans
Fils d'vn Seigneur Perſan produit de voſtre fille
Qui pour vous ſucceder ſera vn iour habille.

Aſtiages

Ouy mais ie ne veux pas que le peuple Medois
Recoiue aprez ma mort des Rois Perſans les loix
Puis d'aillieurs le deſtin commande de ce faire
Car ſi d'executer ce deſſein ie differe
Ie me verray vn iour de luy depoſſedé.

Harpagus.

Si l'imployable fort l'a ainsi commandé
Ie veux vostre dessein en cela satisfaire.

Areolle.

Faisant le vueil du Roy vous ne sçauriez mieux
   faire.

Harpagus.

Ie ne veux respirer dessous le firmament
Que pour faire du Roy le bon commandement.

Astiages.

Si vous accomplissez ce que ie vous commande,
Vostre nom sera grand & vostre maison grande,
Vous donnant tant de biens que la posterité
Tournera ma largesse en prodigalité:
Car ie meurs en viuant quand ie me represente
Cet enfançon Cyrus dont la main violente
Me doit de mon Empire infidelle ietter
M'estimant vn Saturne & luy vn Iupiter.

Areolle.

Il faut faire cela, c'est vn decret celeste,
Autrement auant peu la grondante tempeste
De ce ieune Mauors tombera dessus vous
Craignez donc du destin & des Dieux le courroux
Preuoyant sagement au fort qui vous menasse.

Aſtiages.

Mais que i'en aye fait exterminer la race
Ie pourray repoſer apres aſſeurement.

Areolle.

Ouy pourueu qu'Harpagus n'en diſpoſe autrement.

Harpagus.

Non, auant que Phœbus finiſſe ſa carriere
Ie le deſpouilleray de vie & de lumiere.

Aſtiages.

Ie laiſſe entre vos mains ce penible fardeau.

Harpagus.

Il ſera ce iourd'huy hoſte du noir tombeau,
Ne cenſurez ma foy, puis que ie vous l'atteſte
Par l'eſcadre des Dieux & l'Olympe celeſte
Liurez le moy és mains.

Aſtiages.

Tenez voilà Cyrus.

Harpagus.

Allons laiſſez moy, Sire, acheuer le ſurplus.

SCENE II.

Mandane.   Arnobe.

Mandane.

Oᴀ́ſtres courroucez, ô inflexible pere,
Plus qu'vn Tygre en courroux inhumain
          & ſeuere:
O cœur Getulien mais de marbre endurcy
Sans foy, ſans Loy, ſans Dieu, ſans raiſon ny mercy,
As tu bien eu l'audace & l'ame ſi ſanglante
Que d'empourprer ta main autresfois ſi vaillante
Dans les flancs innocens du legitime fruict,
Qu'en mon pudicque Hymen i'ay chaſtement produict:
Tu te deuois monſtrer le bouclier de ſa vie,
Et ſa vie eſt de toy cruellement rauie.
Tu deuois mon Cyrus comme toy tenir cher
Tu deuois le cherir (comme chair de ta chair)
Et au lieu de cela te monſtrant taciturne,
Et plus cruel cent fois que le peſant Saturne
Dont le ventre ſeruoit à ſes fils de tombeau,
Tu m'as mon doux enfant rauy des le berceau,
Pour au nombre des morts perfidement le mettre,
De peur qu'il n'empietaſt ta couronne & ton ſceptre:
Helas ſans eſgorger ainſi mon pauure enfant
Que ne te mirois-tu deſſus le Pelican
Qui ſans flatter ſon flanc s'enferre de furie
Pour donner par ſa mort a ſes petits la vie:
Que ne te mirois-tu deſſus le chien marin,
La petite Abidoiſe & l'aymable Dauphin
Qui gorgent leurs petits voyans la main maligne
Du peſcheur qui les veut accrocher à ſa ligne.
Le Gerfaux eſt cruel vers les autres Oyſeaux,

Mais il garde les siens des autres animaux.
Ainsi tu apparois par tes desseins perfides
Plus cruel que les loups des Paluds Meotides
Qui pour vn peu de pain oublians leurs fureurs
Gardent soigneusement les filets des pescheurs
Bref tu es plus cruel que la cruauté mesme
Quand soupçonnant de perdre vn mondain diadéme,
Tu as mon cher Cyrus enuoyé au cercueil.

Arnobe.

Donnez tresue à vos cris, n'innondez plus vostre œil
D'vn deluge de pleurs, las cessez de plus battre
Vostre seing delicat plus neigeux que l'albastre:
Peut-estre que des Dieux vous vous plaignez à tort,
Peut-estre que Cyrus vostre fils n'est pas mort:
Hé quoy ingeriez vous le cœur de vostre pere
Si sanglant, si cruel, si barbare & seuere
Que d'auoir vostre fils enleué finement
Pour luy faire habiter vn triste monument
Non non Madame, non, ne soyez si craintiue.

Mandane.

Il a desià passé l'acherontide riue,
Il a desià passé de Charon le basteau
Son corps est ià relent dans le sombre tombeau!
Hà ie n'ay plus de fils, Cyrus est sous la lame.

Arnobe.

A quoy sert tout cecy, posez le cas Madame
Que vostre fils soit mort presqu'aussi tost que né:
Les pitoyables Dieux qui vous l'auoient donné

Continuans vers vous leur grace & entremise
Vous en redonneront de mon Seigneur Cambyse.

Mandane.

La perte de mon fils m'afflige grandement,
Mais i'aurois quelque trefue à mon cruel tourment
Si la mort me l'auoit rauy à la mammelle,
Ou qu'il eust par autruy trauersé la nacelle
Qui pass: ou d'où iamais nul esprit ne reuient:
Mais las ma chere Arnobe alors qu'il me souuient
Que mon enfant est mort par la main de mon pere
Ie ne peux retenir ma rage & ma colere.

Arnobe.

Encor vous conuient-il brider vostre fureur.

Mandane.

On ne sçauroit borner vne iuste douleur.

Arnobe.

Le temps adoucira peu à peu vostre rage.

Mandane.

La mort seulle pourra subiuguer mon courage.

Arnobe.

Vn esprit ne se peut par larmes reuoquer.

Mandane,

L'on ne sçauroit aussi à mon mal applicquer
Aucun medicament qui luy soit consolable.

Arnobe.

Le temps me fera voir en cecy veritable:
Mais laissons ce propos qui vous gesne le cœur
Et allons au verger passer vostre douleur.

Mandane.

Encor que rien ne puisse esloigner mon martyre
Ie ne veux neantmoins en cela vous desdire.

SCENE   III.

Harpagus.   Tyburin.   Pasteur Royal.

Harpagus.

PVis que i'ay accomply du Roy la volonté,
Il me faut retirer deuers sa maiesté,
Et luy manifester d'un propos veritable
Comme l'enfant Cyrus dont le front maiestable
L'alloit espouuentant (comme un petit flambeau)
Ayant fini son cours est couché au tombeau

Tyburin.

Il ne luy briguera iamais son diadéme
Car le Pasteur Royal plein de fureur extresme

M'a promis de l'occir & le faire inhumer.

Harpagus

Le Roy ne nous pourra doncques de rien blasmer
Car si en ce subiet nous faisons de l'offence
(Comme on le peut iuger) c'est par son ordonnance.

Tyburin.

Cet excez à vray dire est plein d'impieté.

Harpagus.

Voire de felonnie & d'inhumanité
Mais quoy que ferez-vous, alors qu'vn Roy commande
Faut ployer bien ou mal soubs sa maiesté grande.

Tyburin.

Iamais Roy que ie croy induit d'vn songe vain
Pour sauuer son Estat ne fit vn tel dessein.

Harpagus.

Cet acte la aussi va resentant son Scythe
Ou cil qui sur le front du mont Thaurus habitte.

Tyburin.

Pense-til s'asseurer vsant de cruauté,
Vn Roy qui veut regner plein de prosperité
Ne doit point cymenter par le sang son Empire.

Harpagus.

Allons doncques au Roy, de Cyrus la mort dire.

Pasteur

Pasteur Royal.

Que tout est inconstant sur ce lourd element,
Que toutes choses sont pleines de changement:
Il n'y a rien de seur, il n'y a rien de stable
Ains tout se va changeant par le sort variable
Qui regit aussi bien dessous ses appetis
Les plus illustres Rois comme il fait les petits.
L'exemple qui à moy de ce se represente
En est deuant mes yeux encor toute recente.
Le Monarque Medois faisant mourir son sang
Pour sauuer son Estat qu'il alloit menassant,
Prenant pour fondement les idées d'vn songe
Qui n'est le plus souuent que fumée ou mensonge.
Le Roy donc redoutant l'enfant Royal Cyrus
Pour le faire mourir le donne à Harpagus
Et luy à Tyburin mon bon amy intime
Qui me la mis és mains pour seruir de victime
Aux autels de la mort, ainsi qu'un pauure aigneau:
Mais ma femme accouchée en son lict de nouueau,
D'vn fruict priué de vie ayant sçeu la fallace
M'a fait sauuer Cyrus & poser en sa place
Mon petit fils deffunt esperant le nourrir
Et non comme le Roy de le faire mourir:
Ie croy semblablement que le ciel debonnaire
Ne vouloit pas Cyrus de la façon deffaire,
Car retournant au bois pour chez moy l'emporter
Vne chienne son pis luy bailloit à teter.
Et chassoit d'autour luy les animaux sauuages
Qui pour le deuorer delaissoient leurs bocages:
De la mesme façon Esculappe estant né
Fut nourry d'vne chienne (aux champs abandonné)
De mesme Habis nepueu de Gargiris le Chiche

(Des Curettes le Roy) fut nourry d'une Biche
Apres estre eschappé du feu & de la mer
Ou son oncle inhumain le vouloit abismer.
De mesme Romulus fut nourry d'une Louue
Et Andros d'vn Lyon, parquoy sans fard i'approuue
Que ce petit enfant qui doit estre vn iour grand
A esté preserué du Dieu foudre-tonnant.
Aussi comme au plus bas de l'aage de sa vie
Il a vaincu le sort, les bestes & l'enuie
Du Roy son pere grand, de mesme il domptera
Quiconque à son bon-heur ialoux s'opposera:
Mais s'y faut il tenir ceste chose secrette,
Car si par quelque enuie elle estoit manifeste,
Astiages le Roy plus qu'vn Tigre félon,
Me feroit trauerser le fleuue d'Acheron,
Me transperçeant le cœur d'une homicide lame:
Or ie m'en vay porter cet enfant a ma femme
Qui aura de le veoir autant d'heur & plaisir
Qu'elle a eu de la mort de son fils desplaisir,
Car Cyrus possedant d'Astiages le sceptre
Touché de nos biensfaits nous pourra reconnoistre.

ACTE III.   SCENE I.

Astiages.   Areolle.   Harpagus.

Astiages.

O Destin irrité qui contre moy coniure,
     Quel Astre quel Demõ, quelle triste aduanture
Contrecarrant mon vueil, cruels ont empesché
Que ie n'ayes esté de Cyrus despeché,
Comment traistre Harpagus dont la fortune heureuse
Ne vient que des exces de ma main genereuse,

M'as tu ainsi ta foy , tant de fois protesté,
Pour abuser de moy & de ma priuauté:
Quoy m'auois tu promis d'accomplir mon enuie
Pour n'esgorger Cyrus , ou luy rauir la vie
Deuois tu accomplir cet acte desloyal,
Pour le laisser és mains de mon Pasteur Royal,
Qui luy a iusqu'icy donné sa nourriture
Comme si c'eust esté sa chere geniture.
Mais puis que ce subiect du commun mesme est sceu,
Puis que te pariurant tu mas ainsi deçeu,
Ie proteste Phœbus a la lampe dorée
Les Autels de nos Dieux , & le seing de Nerée,
De te faire auant peu , afin de me venger,
Vn de tes propres fils secrettement manger.

Areolle.

Ceux qui manquent aux Rois de parolle &
          promesse
Témoignent les effets de leur ame traistresse,
Feignent vouloir leur bien & n'en ont poiдt le soing
Quand il le conuient faire & qu'il en est besoing.

Astiages.

Il m'auoit iusqu'icy tousiours monstré son zele,
Il m'auoit iusqu'icy tousiours esté fidelle,
Ie ne sçay quel respect ou qu'elle affection
Luy a fact contredire à mon intention.

Areolle.

Si vous ne m'asseuriez ce suiect veritable,
Ie le reputerois pour quelque vaine fable.
                              B ij

Aſtiages.

Il n'eſt rien de ſi vray n'en ſois plus en émoy
Ouy Cyrus eſt viuant Areolle croy moy,
Et ſes braues effects, ſes geſtes, ſes merueilles
Sont volez depuis peu iuſques à mes oreilles:
Auſſi ſoit à la luitte ou à ietter vn pal,
A tirer vne fleſche à piçquer vn cheual,
A la courſe, à la dance ou à toutes milices
Ou les ieunes guerriers prennent leurs exercices,
Il ſurpaſſe d'autant ſes autres compagnons
Qu'vn grand Pin paroiſt haut ſur les petits buiſſons,
La mer ſur les ruiſſeaux, & la lampe dorée
Deſſus les autres feux de la voute Etherée.
Il vint n'a pas long temps deuant ma maieſté,
Mais ſon petit diſcours, ſon ris, ſa grauité
Ietterent tellement mes deſſeins à l'enuerſe
Que ie le renuoiay en ſon pays de Perſe
Propoſant qu'vn enfant ne pourroit m'outrager,
Mais neantmoins cela ſi me veux-ie vanger
De ce fin Harpagus qui malgré mon enuie
Et l'arreſt du deſtin, luy a ſauué la vie.

Areolle.

N'ayant ſuby au vueil de voſtre Maieſté
Il doit eſtre puny de ſa temerité.

Aſtiages.

Il ne guidera plus mes Royalles batailles
Ie luy feray manger de ſon fils les entrailles,
Le poulmon & le cœur: tellement que ſon flanc

Seruira de tombeau pour inhumer son sang:
Ie luy feray, sans mort, endurer vne peine
Pire que mille morts, voire plus inhumaine
Que ne sont les tourmens qu'endurent les damnez
Aux grottes de Pluton, de minos condamnez.

Arcolle.

Sire, à la verité il n'est point de martyre
De gesne ny de mort plus inhumaine & pire
Que l'amer souuenir d'auoir innocemment
Fait seruir à son corps son enfant d'aliment.
Cecy peut faire horreur à la cruauté mesme,
Espouuenter l'enfer, effrayer la mort blesme,
Faire honte au Soleil, voiler le Firmament,
Faire irriter la mer, trembler cet element
Et remettre ce tout en sa cause premiere.

Astiages.

Quand le Soleil deuroit eclipser sa lumiere
Le ciel se rendre obscur, la mort s'espouuenter,
Faire trembler la terre & la mer irriter:
Si faut-il accomplir mon dessein temeraire
Puis i'ay desia le fils de ce faux refractaire:
Tellement qu'en cecy afin de me vanger
Il ne reste sinon que luy faire manger.
D'aillieurs Harpagus doit assister à ma table
Pour en le deuorant paroistre inhospitable
Mais allons vn peu veoir s'il n'est point au palais
Pour luy faire seruir par ses propres valets.

SCENE II.

Harpagus.   Euander.

Harpagus.

O Grands Dieux souuerains qui du sainct edifice
Punissez des humains la perside malice
Qui crochetez nos cœurs & d'vn œil élancé,
Voiez nostre dessein ains que l'auoir pensé:
Depuis que le Soleil va galoppant sa ronde,
Du depuis que vos mains firent la terre & l'onde,
Auez vous remarqué de vostre olympe, vn Roy,
Plus sans cœur sans pitié, sans raison & sans foy,
Que le Roy des Medois, que ce Prince Astiage
Plus barbare cent fois, cent fois plus plein de rage
Qu'vne fiere Tygresse à qui quelque chasseur
Auroit rauy ses Faons, las nenny, ie suis seur
Que n'auez œilladé iamais vn Roy semblable.
Mais quoy quel Misantroppe au Gelon redontable,
Executa iamais vn si cruel dessein,
Quel Ours, quel Leopard, quel Dragon inhumain
N'auroit horreur d'ouir vn acte si horrible
Il faudroit comme vn roc du tout estre insensible,
Ou n'auoir point du tout & de vie & de cœur
Pour n'auoir de ce meurtre vne effroyable horreur:
Quoy me faire manger ma chere geniture,
Me faire presenter mon fils pour nourriture,
Me faire innocemment manger ma propre chair,
Faire en mille morceaux mon propre enfant hacher,
Me priuer par sa mort de ioye & de liesse
Apres l'auoir soustraict par perfide finesse
Le desguiser en sausse & tout d'vn mesme pas,

Le faire encor seruir à mon corps de repas,
Cela va procedant d'vne ame trop sauuage,
De la mesme façon Atrée plain de rage
Desirant de Thieste aigrement se vanger
Luy fit ses deux enfans (bien que Nepueux) manger,
Dont Phœbus offencé d'vn si sanglant carnage,
Retrograda ses pas & voila son visage:
Aussi ie ne croy pas que les placables Dieux
Pour ne voir les excés d'vn faict si odieux,
N'ayent voilé leur veuë & que les horreurs mesmes
Les furies d'enfer, & les trois parques blesmes,
N'ayent semblablement abhorré ce dessein,
Aussi vay-ie iurant le Throne souuerain
Du grand Dieu Iupiter. d'aller briguant son sceptre
Pour le faire tomber en la vaillante d'extre,
Du ieune enfant Cyrus comme il fut destiné,
Par le decret des Dieux auant que d'estre né:
Or sus donc Euander ie m'ose bien promettre
Que dez que tu auras faict tenir cette lettre
Au genereux Cyrus , que ie seray vangé
D'Astiages qui m'a sans raison outragé.

Euander.

Quand il me failliroit pour vous perdre la vie,
Ie ne manqueray pas d'accomplir vostre enuie,
Et vous monstrer combien i'ay de fidellité.

Harpagus.

Il te faudra suiuir vn chemin escarté,
Pour n'estre reconnu.

Euander.

Ie sçay bien la maniere
Comment vostre pacquet ne viendra en lumiere.

Harpagus.

Il faut en ce dessein auoir vn esprit caut,
Cache donc ta missiue au corps de ce leurault,
Puis portant auec toy ces filets par falace
Tu sembleras venir des forests de la chasse.

Euander.

Vous auez inuenté vn trait assez rusé,
Ie ne me fusse pas de cela aduisé.
Or les voila fort bien.

Harpagus.

Acheue ton voyage:
Et te monstre en allant aussi discret que sage,
Enchargeant à Cyrus de ne seiourner tant
Ayant veu le pacquet que tu luy vas portant.

Euander.

Ie n'y failliray pas, mais faittes bon visage:
Attendant que Cyrus son grand pere endommage.

ACTE IIII. SCENE I.

Cyrus. Sybaris.

Cyrus.

*O*N a beau du deſtin le tymon retenir,
On a beau ſon malheur ſagement preuenir,
Ou deuancer les maux & les piteux deſaſtres,
Dont nous vont menaſſant les mouuemens des aſtres:
Nous ne pouuons fuir ce que les iuſtes Dieux
Nous ont determiné, naiſſans en ces bas lieux.
Aſtiages craignant de perdre ſa couronne,
S'eſtant iniuſtement ſaiſi de ma perſonne
En l'aage de huit iours, pour dementir le ſort,
M'auoit ia conſacré aux autels de la mort:
Quand les platables Dieux de leurs mains immortelles
Me garderent des Ours & des beſtes cruelles
Ou i'eſtois expoſé par ce Roy deſloyal:
Puis fléchiſſant le cœur de ſon Paſteur Royal,
Me firent emporter dans ſa caſe champeſtre,
Ou i'ay touſiours veſcu ignorant de mon eſtre:
Iuſques à ce iourd'huy que ie ſuis imbué
D'Harpagus qui n'ayant ſon vueil effectué
Me meurtriſſant le ſein d'vne main deſloyalle,
A mangé ſon enfant à ſa table Royalle.
Et puis ſuyuez la Cour, aſſeurez vous aux grands,
Formez vous à leurs mœurs, paſſez en vain vos ans,
Cheriſſez leur party d'vn deſir tout extreſme,
Abhorrez vos parens, mépriſez vous vous meſme,
Riſquez mille perils ſuiuant leur paſſion
A la premiere humeur la moindre impreſſion,
Qu'ils imagineront, vous voilà hors de graces.

Et ce petit dédain vos merites efface.
Doncques cet Harpagus me va or inuittant
D'aller contre ce Roy vaillamment combattant,
D'empietter son Eſtat, son ſceptre & ſa couronne,
Pour auoir deſiré enuoyer ma perſonne
Dés ſon ieune orient au profond d'vn tombeau,
Plus inhumain cent fois qu'vn Tygre ou lyonceau:
Les Dieux d'autre coſté pour mieux me faire croire
Que i'aurois du Medois le ſceptre & la victoire,
M'ont fait veoir ceſte nuict, de ſommeil agité,
Que c'eſtoit le plaiſir de leur diuinité,
De me donner le ſceptre & le pays de Mede
Qui tout ſceptre & Royaume en mille biens excede:
Me diſant du ſurplus que pour mener à chef
Ce deſſein arreſté ſans fortune ou meſchef,
Il me conuenoit prendre vn compaignon fidelle,
Pour ſupporter en tout mon droit & ma querelle:
Mais ie vay ignorant en quel heureux coſté,
Ie pourray rencontrer cet amy ſouhaitté:
Qui me ſoit vn patrocle en ce deſſein vtille,
Comme ie luy ſeray vn tres fidelle Achille:
Ie le dois rencontrer trauerſant mon chemin
Mais ie ne voy aucun, face donc le deſtin
Comme il eſt decretté : quoy que voy-ie en la voye
C'eſt celuy que ie cherche : ah Dieux que i'ay de ioye,
Ie m'en vay l'accoſter, Dieu te gard compaignon.

Sybaris.

Et à vous mon Seigneur.

Cyrus.

Comme ſe dit ton nom.
De quelle ville es tu, de quel lieu ta naiſſance.

Sybaris.

Ie suis natif Persan reduit soubs la puissance
D'vn Seigneur qui se tient dedans Persepolis,
Exclus de tous moyens & nommé Sybaris.

Cyrus.

Ou vas tu maintenant que tu prends ceste voye.

Sybaris.
En vne expresse affaire ou mon maistre m'enuoye.

Cyrus.

Laisse là ton voyage & tout autre soucy,
Puis que les Dieux benins t'ont amené icy,
Ie te veux redonner ta premiere franchise
Et faire compaignon de ma belle entreprise.

Sybaris.

Ie n'ay pas ce bon-heur enuers vous meritté.

Cyrus.

Les Dieux & le destin ont cela decretté:
Aussi, si le malheur mon dessein ne renuerse
Ie te feray de bref vn des premiers de Perse.

Sybaris.

Les Dieux vueillent benins vos desirs seconder.

Cyrus.

Il nous faut genereux de la Mede aborder:
Et là menant mon oſt & tout mon equipage,
Aſtiages reduire à iamais en ſeruage,
Pour luy rendre le tour (deſſus luy triomphant)
Qu'il me deſiroit faire eſtant petit enfant.
Deſià de tous coſtez les armes retentiſſent,
L'horreur erre par tout, mille cheuaux hanniſſent,
L'air reſonne de bruit, & mes braues guerriers
Enuieux de gaigner mille immortels lauriers,
Courant la lance au poing vne bruſque carriere
Font de poudre obſcurcir du Soleil la lumiere:
Enfin rién ne nous manque, il ne faut que marcher
Et aller de l'honneur dans les combas chercher.

Sybaris.

Faites donc mon Seigneur marcher voſtre milice,
Ie ſuis preſt de mourir en vous rendant ſeruice.

SCENE II.

Aſtiages. Harpagus. Areolle. Mantheon.

Aſtiages.

QVel deſaſtre impiteux, quel malheur inhumain
Me veut faire arracher le ſceptre de la main:
Ou pluſtoſt en vn coup par quelque extreſme enuie
Me priuer de couronne & de ſceptre & de vie?
Quoy grands Dieux immortels protecteurs des Medois
Auez-vous ſi long temps fait ſubir ſoubs mes loix

Tant de peuples diuers renommez en prouesse
Pour me rendre seruile en ma triste vieillesse:
Ie voy mes champs fertils de gendarmes semez,
Ie voy tous les Persans iniustement armez,
Pour briguer mon estat, rauir mon diadéme,
Animez d'vn Cyrus, produit de mon sang mesme.
Quoy que feray-ie donc en ceste extremité,
Doy-ie remply de crainte & de timidité,
De ma riche couronne & de mon royal sceptre
Luy enrichir le front & anoblir la dextre:
Non, il faut genereux contre luy resister,
Il faut par vn combat son ost accrauanter,
Et luy monstrer comment vne belle couronne
Que par la seulle mort à autruy ne se donne:
Que si ie vay semblant par l'aage my cassé,
Si mon sang dedans moy semble du tout glacé,
Que si mon bras n'a plus ceste force superbe,
Qui égalloit les murs à la hauteur de l'herbe:
Si est-ce toutes fois que mon virille cœur
N'est tant extenué, ny tant vestu de peur,
Que ie ne vueille encor au milieu de la presse
Mourir au lict d'honneur témoignant ma prouesse.
Mais c'est assez parlé, les ennuyeux discours
Ne nous vont point donnant la victoire aux estours:
Il n'est que de peu dire & faire dauantage.
Parquoy cher Harpagus sçachant vostre courage,
Quelle est vostre prudence, & combien vostre bras
A conquis de lauriers au milieu des combas,
Ie mets entre vos mains ma triomphante armée
Pour reduire Cyrus & son ost en fumée.

Harpagus.

Monarque redouté, encor qu'aux champs de Mars

Ie ſçache gouuerner vn eſſein de ſoldats,
Affronter l'ennemy, & par force & par feinte
Remplir ſon cœur de peur & ſon ame de crainte;
Ce m'eſt beaucoup d'honneur & de felicité
Que ie vay receuant de voſtre maieſté,
De ce qu'en conduiſant voſtre gendarmerie
Ie peux pour voſtre nom ſacrifier ma vie.

Areolle.

Si les fatales ſœurs & du deſtin la loy,
Souſtenant iuſtement la querelle du Roy
Par quelque ſtratageme ou rigoureuſe enuie,
Vont couppant le filet qui regit voſtre vie:
Voſtre nom ſuruiuant à la poſterité
Vous rendra plein de gloire & d'immortalité.

Harpagus.
Ce reſpect me fera comme en vn ſacrifice,
Luy faire de ma vie & de mon ſang ſeruice.

Aſtrages.

Si vos bras foudroyans ainſi comme iadis
Renuerſent les Perſans deſſus nos champs occis,
Ie proteſte les Dieux preſence de mes Princes
De vous faire aprez moy le chef de mes Prouinces.

Harpagus.

I'auray l'honneur du camp, ou l'impiteuſe mort
Me fera trauerſer l'Acherontide bort:
Mais auant toutesfois qu'elle aye cette gloire,
I'achepteray au Roy par mon ſang la victoire.

Mantheon.

Le Roy qui sçait aussi ce que peut vostre bras
N'ignore le mespris que faittes du trespas:
Vous vaincrez l'ost Persan d'vn glaiue infatiguable,
Ou vous cesserez d'estre à vous mesme semblable,
Renuersant par mulons les plus braues guerriers
Pour dresser des trophez d'armes & de lauriers:
Et grauer uostre nom au Temple de memoire.

Harpagus.

Si le Dieu Thracien & l'vnicque victoire
Secondent mes desseins, i'esmailleray les champs
De sang, de pieds, de mains & de glaiues trenchans,
Tellement que l'horreur volant de place en place,
Pallira contemplant ma vaillance & ma face:
Qui pleine de sueur, & de poudre & de sang
Ira dedans les cœurs dix mille morts lanceant.

Arcolle.

Ainsi qu'en vn moment le feu fait l'or dissoudre
Vostre bras reduira l'ost des Persans en poudre.

Harpagus.

Tel qu'vn Torrent qui rompt, qui renuerse &
  abbat
Ce qui s'oppose à luy, ie seray au combat.

Mantheon.

Ainsi qu'vn Lyonceau & braue & inuincible

D'vn glaiue donne mort & d'vne main terrible
Sans trefue chamaillant, vous irez les Perſans
Ainſi qu'eſpics de bled ſur le champ renuerſans.

Aſtiages.

Allez & reuenez enuironné de gloire
Des premiers au triomphe, ainſi qu'à la victoire.

ACTE V. SCENE I.

Cyrus.   Sybaris.   Harpagus.

Cyrus.

Svs donc braues guerriers, ſus donc braues ſoldats,
Deſployez auant l'air vos riches eſtandars,
Faittes deſſous vos coups retentir les montaignes,
Couurez de corps meurtris & de ſang les campaignes:
Affrontez l'ennemy & de teſte & de cœur,
Rendez moy, par vos bras d'Aſtiages vaincœur,
Prodiguez voſtre ſang pour m'acquerir la Mede,
Puis que voſtre vaillance & voſtre gloire excede
Ces Medes eneruez, dont l'audace & la main
N'enfanterent iamais vn illuſtre deſſein.
Il y va de l'honneur, il y va de la vie,
Vne immortelle gloire à cela nous conuie.
Puis d'ailleurs Harpagus, afin de ſe vanger
De ce Roy qui luy fit ſon propre enfant manger,
A fait changer de cœur à ſes braues gendarmes,
Qui pour moy contre luy veullent tourner leurs arm

Sybaris.

Harpagus dont le bras, la force & le renom

A faict viure en maints lieux , d'Astiages le nom,
Offencé de ce Roy empoullé d'arrogance,
A peu faire ce coup pour en prendre vangeance.
Mais le voicy venir (pour donner en courroux)
Autant d'horribles morts , au combat, que de coups.

Harpagus

Quoy fauoris de mars quoy enfans de Bellonne,
Dont le nom, dont l'honneur & la gloire rayonne
Ainſi qu'vn clair Soleil de rayons eſclaircy,
Qui vous tient en ſuſpends , qui vous arreſte icy,
Non non ſuiuez mes pas , non, quittez ceſte place
Et portant ſur le front la terreur & l'audace.
Preſſez pied contre pied, de nos glaiues trencheans,
Allons nos ennemis renuerſer ſur les champs,
Allons les entaſſer ainſi que des iauelles,
Allons dedans leur ſang teindre nos allumelles:
Et faire que leurs corps petillez des cheuaux,
Seruent de nourriture aux Ours & aux Corbeaux.

Cyrus.

Il m'eſt deſ-ia aduis que de mon cymeterre,
Ie vay mille Soldats renuerſant ſur la terre.

Sybaris.

Allons c'eſt à ce coup qu'il faut de voſtre fer,
De ce Roy des Medois brauement triompher.

Cyrus.

I'ay ourdy contre luy vne telle tempeſte.

Que mon glaiue bien tost escrazera sa teste,
Quand il auroit cent bras, cent mains & cent pauois,
Ie luy feray passer de la mort les abbois,
Non non il ne sçauroit euitter mes attaintes,
De sang en mille lieux ses armes seront teintes,
Vne forest de dardz sur son chef tombera,
Soubs les pieds des cheuaux son corps tresbuchera,
Ou flambant de courroux d'vne ardeur magnanime
Ie seray du Dieu Mars moy mesme la victime.

Sybaris.

Allons, nos escadrons ont ia l'œil au deuoir,
Chacun veut a l'enuy sa valeur faire veoir,
On sonne les tambours, les trompettes s'entonnent
Les champs circonuoisins dessous le bruit resonnent:
Et le camp ennemy vers nostre ost s'arrestant
De gestes & de voix va desia combattant.

Harpagus.

Plein d'vn iuste dédain, ombragé de ma targe
Ie m'en vay librement le premier à la charge.

Cyrus.

Allons, & que chacun au milieu des combats,
Pour viure auec renom mesprise le trespas.

SCENE II.

Mandane.   Arnobe.   Chœur.

Mandane.

C Haſſons ores de nous les trauerſes cuiſantes,
   Et d'encens Panchaide & de fleurs odorantes,
Allons ma chere Arnobe honnorer les autels,
Et les Temples fameux des grands Dieux immortels:
Puis qu'exauçant mes vœux , leur inuincible dextre
A fait mon fils vaincœur , & enrichy d'vn ſceptre,
Sa martialle main , ſon front de vers lauriers,
Et des biens des Medois, ſes braues Caualiers.

Arnobe.

N'auoy-ie pas bien dit que le ciel équitable
D'Aſtiages rendroit le ſonge veritable,
Et vengeroit Cyrus, qui aagé de huit iours
Il auoit expoſé aux Tygres & aux Ours.

Mandane.

Les Dieux d'vn œil de Linx voyans ſon iniuſtice
Et comme forcené il auoit par malice
Fait manger vn des fils du vaillant Harpagus,
Pour n'auoir eſgorgé mon cher enfant Cyrus
L'ont iuſtemens priué de ſceptre & de couronne.

Arnobe.

Les immortels aux Rois le diadéme donne

(Mais estans droicturiers) il les en priue aussi,
Quand ils ayment le vice ou qu'ils n'ont nul soucy
De rendre à leurs subiects équitable iustice.

Mandane.

N'estoit-ce pas s'armer de dol & d'artifice
Qu'enleuer mon Cyrus sous vn pretexte faux
Pour le faire manger aux cruels animaux.

Arnobe.

Mais n'entenday-ie pas quelqu'un qui se lamente.

Mandane.

Escoutons le subiect qui faict qu'il se tourmente.

Chœur des Vierges de Mede.

O Fortune muable ô Astres courroussez
Qui a plomb dessus nous mille malheurs versez,
Auez vous bien peu veoir apres mainte misere,
Nos peuples captiuer d'vne gent estrangere:
Qui donne maintenant la Loy à nostre Roy,
Roy qui aux autres Rois donnoit iadis la Loy
Et qui en sa ieunesse au vent de sa parole,
Faisoit armer (ce tout) de l'vn a l'autre pole,
As tu bien, dis ie, peu voir nos belles citez,
Nos palais sourcilleux nos soldats indomptez,
Nos Vierges, nos vieillards, nos autels & nos temples,
De ce qui fut de beau les viuantes exemples,
Verser, bruller, occir, violer, prophaner,
Et de nos vieux aïeuls les tombeaux ruiner.

Toy choaſpe argenté dont les fecondes riues
Sont bordez de palmiers de lauriers & d'oliues
Peux tu bien voir tes eaux (dont nos Rois par honneur)
Beuuoient en leurs feſtins , eſclaues du vaincœur,
Toy grande Ecbatanis l'epitome du monde,
Sans egalle en beauté , en threfors fans feconde,
Peux tu bien voir fans pleurs ton Roy desheritté,
Et tes concytoiens exclus de liberté:
Nenny, mais en fecret dedans toy tu lamente
Le commun accident qui nous geſne & tourmente.

Mandane.

Qu'elle eſtrange douleur vous cauſe cet eſmoy.

Chœur.

Le malheur furuenu à noſtre puiſſant Roy.

Mandane.

Il ne faut point d'vn Roy le ſceptre regretter,
Quand le Ciel pour ſes maux luy a voulu oſter.

Chœur.

Il faut du moins plorer ſa liberté perduë.

Mandane.

Mais honnorer Cyrus lequel vous la renduë.

Chœur.

Quand d'vn Troſne Royal vn Roy eſt deietté,
Ses ſubiects peuuent ils regner en liberté.

Arnobe.

Quand vn bon Roy succede au lieu d'vn Prince rude
Le peuple ne peut pas se dire en seruitude.

Mandane.

Il est vray & encor que i'aye a contrecœur
La perte & le meschef du Roy mon geniteur:
Si est-ce que Iuppin qui de ce tout dispose
Voiant son iniustice a permis ceste chose.

Chœur.

Les Dieux auoient de vray contre luy du desdain.

Mandane,

Vous n'ignorez aussi quel estoit son dessein
Contre mon cher Cyrus qui ne faisant que naistre
Il auoit destiné aux bestes pour repaistre:
Et encor que Cyrus l'ait par deux fois dompté
Il ne luy a l'honneur totallement osté,
Il estoit Roy de Mede & or il est le Prince
Du terroir d'Hircanie, assez belle Prouince:
Ou il terminera heureusement ses iours.

Chœur.

Vous me reconfortez par vos graues discours,
Puis nous croyons aussi que le genereux Cire
Ne cymentera point par le sang son Empire.

Mandane.

Non, il gouuernera ses subiets doucement.

Chœur.

Allons donc de ce pas supplier humblement
Les grands Dieux immortels, de faire que son sceptre
Commande en bref aux Rois de ce globe terrestre.

FIN.

9 782019 972578